H. REMY DE SIMONY

MÉLI-MÉLO !

POÉSIES

Mon livre, ami lecteur, t'offre une chance égale.
Il te coûte, à peu près, ce que coûte une stalle.
Ouvre-le sans colère, et lis-le d'un bon œil !

A. DE MUSSET.

PRÉFACE DE FRANCIS MARATUECH

PARIS
A. CHARLES, LIBRAIRE
8, Rue Monsieur-le-Prince, 8

M DCCC XCV

MÉLI-MÉLO !

DU MÊME AUTEUR :

POLÉMIQUE

Le Livre d'Or des Républicains. — Paris, 1881. Société Bibliographique.

Faux Libéraux et Vrais Monarchistes. — Dijon, 1882. Turpin, éditeur.

Le Parti Conservateur et son avenir. — Lille, 1885. Ducoulombier, éditeur.

L'Expulsion des Princes d'Orléans et la Presse républicaine. — Bayonne, 1886. Lasserre, éditeur.

L'Œuvre du Moment. — Bayonne, 1887. Imprimerie du Pays Basque.

La Ligue de la Rose. — Montauban, 1889. Imprimerie Montalbanaise.

La République ouverte. — Paris, 1891. Louis Carré, éditeur.

L'Action catholique. — Paris 1892. Albert Savine, éditeur.

Les Promesses et les Actes. — La Roche-sur-Yon 1893. Servant, imprimeur.

NOUVELLES

Monsieur Rossignol et Mademoiselle Fauvette.

Les Superstitions de Grand'Mère. — Paris. Bray et Retaux, éditeurs. 1892.

Monsieur Mystère. — Paris. Léon Vanier, éditeur. 1893.

POUR PARAITRE PROCHAINEMENT :

Pages roses et Feuillets noirs. Nouvelles.

EN PRÉPARATION :

Le Legs d'Andrée. Roman.

La Quarantaine. Poésies.

H. REMY DE SIMONY

MÉLI-MÉLO !

POÉSIES

Mon livre, ami lecteur, t'offre une chance égale,
Il te coûte à peu près, ce que coûte une stalle.
Ouvre-le sans colère, et lis-le d'un bon œil !

A. DE MUSSET.

PRÉFACE DE FRANCIS MARATUECH

PARIS
A. CHARLES, LIBRAIRE
8, Rue Monsieur-le-Prince, 8

M DCCC XCV

Préface

PARIS-PRINTEMPS

POUR HENRI REMY DE SIMONY

C'est dans un coin de rêve, au Luxembourg, le jour de Pâques, que je crayonne pour vous cette préface, mon cher poète.

Le radieux paradis de la prime jeunesse s'épanouit près du palais où trône l'enfance sénile — peu tur-

bulente mais dangereuse — des vieillards qui légifèrent.

J'ai, devant moi, au bout de la perspective, le Panthéon mi-voilé par des houppettes de feuilles chiffonnées, transparentes, qui suspendent comme des stores de verdure entre les arbres grêles ; la fontaine de Médicis, imposante et sombre, enguirlandée de festons de lierre — lourds ainsi que des ornements de bronze ; un coin de l'Odéon où triomphe Pour la Couronne ! *Et j'évoque Banville, le doux aède, l'étincelant jongleur aux rimes d'or — ignoré du Sénat, — qui se repose, en son glorieux isolement, au milieu de la population de nymphes et de demi-dieux qu'il aima jusque par delà la tombe.*

Grisé par le piaillement des moineaux familiers, par les cris aigus des enfants et les rires clairs des jeunes mères, je songe que vous avez choisi, vous aussi, la meilleure part : c'est aujourd'hui comme une symphonie en vert sous un ciel d'espérance, et l'on peut oublier presque la grande rumeur de Paris-Alentour.

Oui, vous représentez la sagesse parce que vous chantez en tout temps et en tous lieux, — en dépit de tout et malgré tous! Vos stances essaiment, moqueuses ou attendries, vengeresses ou élevées. Vous évoquez tour à tour, avec une souplesse charmante, les bonshommes du vieux Palais et les pastels exquis que j'ai là sous les yeux.

Point n'est besoin de présentation pour vous, mon cher ami, c'est la nature elle-même qui suscite les poètes et les oiseaux dans l'éternel rajeunissement des choses.

Tenez, j'aperçois de bien fines menottes qui feuillètent, à cette heure matinale, une mince brochure où je distingue la justification inégale des vers. Heureux mortel! cela vous arrivera d'être lu ainsi, — encensé par les fleurs et les sèves nouvelles, — par une mièvre enfant de Paris aux cheveux flou, encadrant un visage de madone où tranchent étrangement des yeux espiègles et pervers, qui s'adoucissent d'un rien de rêverie en tournant les pages...

Mais voici que les cloches chantent comme des

orgues lointaines qui passeraient là-haut en joyeuses envolées. De la terrasse où je marche entouré de reines chastes, immobilisées en leurs poses hiératiques, j'oublie, pour un songe mystique, tant de formes gracieuses et frissonnantes, — visions d'idylle que voile indiscrètement la jeune feuillée.

J'aperçois le grand bassin avec son escadre lilliputienne voguant à l'aventure et je pense à la « Princesse lointaine », si vainement poursuivie à l'époque des beaux enthousiasmes, et que l'on renie, honteux d'avoir été dupe, lorsque la quarantaine sonne — même dans le carillon de Pâques — parce que l'on sait désormais que Mélissinte, l'amante des lys, le moment psychologique venu, fermera brutalement sa fenêtre au nez du rêve — parce qu'elle préfèrera toujours un solide gars, de Provence ou de Normandie, au trouvère mourant...

Pardon! c'est que la locomotive du train d'Arpajon vient de siffler, tout proche, au bout de mon horizon enchanté, et je me ressaisis, en songeant que les temps poétiques sont révolus et qu'il convient de tresser en un solide fouet les sept cordes de la lyre, — comme vous savez si bien le faire du reste.

Cela console, voyez-vous, ceux qui, comme moi, ne verront plus jamais la Dame d'amour et de poésie, Mélissinte, la Princesse lointaine, suzeraine de nos vingt ans envolés !

FRANCIS MARATUECH.

Au Luxembourg, Pâques 1895.

MÉLI-MÉLO !

POÉSIES

A Toi !

Je ne me souviens plus en quel missel d'amour,
J'ai lu ces mots, tombés d'une âme ardente et pure :
— Je t'aime plus qu'hier, moins que demain ; le jour
Où ne t'aimerai plus, ô douce créature,

Sera mon dernier jour ! — Laisse-moi condenser,
En cet exquis serment, le pourquoi de ma vie,
Et, sur ton cœur, à voix très basse, confesser
Le bonheur que je cache, afin qu'on ne l'envie !

Le Vœu!

Simple histoire racontée à mon fils.

A M. le docteur C. GOURAUD.

QUAND j'étais petit, tout petit —
J'en ai conservé la mémoire
Et, pour te conter cette histoire,
Il ne faudrait pas, érudit,

Empiler de très lourds volumes
Sur d'autres ; si j'étais trop long
Tu pourrais te lasser ; or donc,
Céans, je prépare mes plumes —

Quand j'étais petit, tout petit,
Que, sur mon front, des boucles blondes
Tombaient en mèches vagabondes,
Sans que ma tête s'en plaignit ;

Que j'avais la lèvre très rose,
Le teint très frais et que, le soir,
Quand venait le bonhomme noir,
Je rêvais la bouche mi-close,

Après avoir, — non sans bâiller, —
Promis d'être toujours bien sage,
Et collé mon mutin visage
Sur mon tant moelleux oreiller,

Grand'mère, d'une main câline,
Ayant abaissé l'abat-jour,
Et ramené, tout à l'entour
De mon corps, la chaude courtine,

S'asseyait au pied de mon lit.
Puis, roulant sa tapisserie,
Elle me racontait la vie
— Sans interrompre son débit —

De quelque prince magnifique,
Jusqu'au moment où les exploits
Du noble sire, — aux bons endroits —
S'arrêtaient : à l'heure magique

Où mes yeux s'étant refermés,
Grand'maman, mettant ses lunettes,
Visitait les espagnolettes...
Et si les volets, mal fermés,

Laissaient passer un peu de bise
Sur le cher et tendre trésor,
Grand'maman, dans le corridor,
Vitupérait la balourdise

De la bonne qui, sans égards,
Pour mes bronches si délicates
Et mes fragiles omoplates,
Laissait pénétrer les brouillards.

Certes, tu vas penser et dire
Que j'étais un enfant gâté !
Que c'est vilain ; c'est vérité !
Et tu pourrais presque en médire...!

Entre ma mère et mère grand,
C'était un assaut de caresses,
De prévenances, de tendresses
Qui m'eussent rendu très méchant,

Si, fort à propos, l'homme sage
Et juste, que fut bon papa,
S'épargnant les *mea culpa*,
Que l'avenir souvent ménage,

N'avait, d'un sévère rappel,
Redressé ma nature franche,
Et pris, sans tarder, sa revanche
Sur un culte trop maternel...!

Il me semble l'entendre, encore,
A mes deux mères reprocher
De ne point savoir s'arracher
A mes caprices. Et pour clore

Sa catilinaire, en deux mots
Qui peignissent bien sa pensée,
Il déclarait que la fessée
Est le seul code des marmots...!

Vraiment, je suis loin du début
De notre intime causerie;
Mais, j'aime tant la flânerie
Dans les souvenirs que, sans but,

Je serais, ma foi, fort capable
De pérégriner tout un jour,
Me laissant bercer, tour à tour,
Par le charme indéfinissable

Qui monte du cœur au cerveau,
Quand la jeunesse qu'on évoque,
Soudain, fait revivre l'époque
Où tout était riant et beau.....

Et la douce mélancolie,
Qui traverse les songes d'or,
Vous disant que, quelque part, dort
L'être chéri que l'on oublie...!

Mais, cette fois, c'est bien fini :
Je vais aller tout d'une traite,
Et ne sonnerai la retraite
Que, lorsqu'en ton regard béni,

Je verrai poindre le sourire
Qui, gaîment, me dira merci,
Et m'enlèvera le souci
D'avoir mérité la satire

De ceux qui pensent, — à bon droit, —
Que narrer d'une façon lente
Est le fait d'une âme pédante
La marque d'un esprit étroit !

. . . .
. . . .
. . . .
. . . .

C'était un soir de froid novembre :
Depuis quatre jours, alité
Et par des frissons agité,
Je faisais résonner ma chambre

Avec les accès d'une toux
Qui me déchirait la poitrine.
Quant à la fièvre, l'on devine
Qu'elle me martelait le pouls !

J'étais très abattu. Grand'mère,
Le cœur rongé de désespoir,
Quand le docteur venait me voir,
N'osait plus regarder ma mère,

Ni mon père ; dans leur regard
Craignant de trouver la détresse
Qui noyait le sien de tristesse
Et l'emplissait de cauchemar.....

Le bon docteur ! Un de ces êtres
Comme on n'en fait plus maintenant !
En vain, sur le ton badinant,
Cherchait à rassurer les êtres,

Leur expliquant, tout doucement,
Qu'à tout prendre, la maladie
Suivait son cours ; sans comédie,
Qu'il n'eut point admis un moment,

Il commentait chaque symptôme,
S'efforçant de vaticiner
La guérison..., et dominer
Un par trop réel fantôme...!

Comment vas-tu, dis, ce matin ?
— Murmurait-il à mon oreille. —
Est-ce que l'appétit s'éveille ?
Allons, répond, mon doux bambin !

Tu souris ? De ma barbe grise
Je vois que tu comptes les fils,
Il y en a plusieurs mils...!
Ne poursuis pas ton analyse —

Voyons, as-tu beaucoup toussé ?
Ah ? ça, je perçois quelques râles ! —
Docteur, voyez donc ses joues pâles !
Disait mon père, convulsé...

— Le teint pâle ! Je le vois bien,
Répondait une voix chantante ;
Mais que cela ne vous tourmente,
Je vous dis, moi, que ce n'est rien !!

Le bon ami ! que d'espérance
Il faisait couler dans le cœur,
Lorsque, prenant un air moqueur
Que désapprouvait sa science,

Il disait à tous : « Au revoir,
Cela va bien mieux ! Bon courage ! »
Las ! Il ment, pensait avec rage
Mon père..., sans trop le savoir !

C'est que j'étais à bout de force,
Un effort me faisait suer ;
Et je n'osais plus remuer,
De peur de briser mon écorce !

Un matin que j'allais plus mal
Et qu'autour de moi, tout plus triste
Prenait une teinte alarmiste,
Je fis un rêve triomphal.

Le bon docteur, près de ma couche,
Du Ciel était là, me parlant,
Et, sur mon petit front brûlant,
J'entendais murmurer sa bouche :

— « Je te soigne ; mais à Dieu seul
Appartient le philtre qui sauve.
Demande-le lui ! » — Dans l'alcôve
Quand je m'éveillai, j'étais seul !

Et je vis mon père, ma mère,
Grand'maman, les bonnes aussi,
Les deux genoux à terre, ainsi
Qu'il convient pour une prière.

Lors, je me souvins, tout à coup,
Que, dans la chapelle prochaine,
On commençait une neuvaine,
Et qu'un de mes amis, du croup

Avait été sauf, par miracle
De Saint-Antoine de Padoue.
Pourquoi donc m'eut-il fait la moue,
Puisque je crois en son oracle ? —

Lors donc, l'invoquant d'un seul trait :
— Grand saint, dis-je, mon cœur vous loue ;
Et ma foi d'enfant vous alloue,
Comme prix de votre bienfait,

Ma tirelire ; or, ça, je pense,
Puisqu'on m'a dit que vous rendez
Les objets perdus et trouvez
Les égarés, j'ai confiance

Que, très puissant dans le saint lieu,
Et, sans beaucoup me faire attendre,
Dès demain, vous me ferez rendre
Ma santé par le doux bon Dieu...!

Puis, cravaté de mon rosaire,
Sur ce discours, je m'endormis.
Je ne sais plus comme je fis,
Mais, j'étreignais mon scapulaire.

— Huit jours après, — mon cher petit, —
Que de bonheur pour maman Rose !
Plus de fièvre, plus d'ankylose,
Et je pouvais quitter le lit...!

Ce soir-là, fut repris le conte
Que l'on avait interrompu,
Et, depuis ce jour, je n'ai pu
— Sans en éprouver de la honte, —

Entendre formuler l'aveu
Qu'il n'est pas besoin de croyance ;
Et je me dis que la science
N'atteint pas à mon petit vœu !!!

Remenbrance

A Henry DURRIEUX.

Vous en souvenez-vous...? C'était à Trianon :
Par un beau soir de mai, bercé de chansons ſolles,
La nuit vous permettait d'écouter mes paroles,
Sans que votre regard pût me répondre non...

Je vous parlais, tout bas, ainsi qu'en oraison,
Comme si j'avais craint de détruire le charme ;
Tel un jaloux, que le plus petit bruit alarme,
J'eus voulu de mon cœur vous faire une prison !

Les thyrses des lilas, sur nos fronts enlacés,
Couronnaient notre amour de jeunes fiancés.
Nous grisant de senteurs tièdes, languissantes...!

A peine de retour au bal, je vis vos yeux,
Humides, me confesser le secret joyeux,
Et vos mains se livrer à mes mains frémissantes!

La Crémaillère

A Mme Joseph LIBAUDIÈRE.

Nous la pendîmes, fort gaîment,
Certain soir, rempli d'enjoûment,
La crémaillère !

Le repas était succulent,
Le vin, de crûs sûrs, excellent,
Fine la chère !

De votre air le plus avenant,
Mi-sérieuse, badinant,
Mais très sincère,

Vous fîtes un accueil charmant
A tous, très indistinctement.
Dans l'atmosphère

D'un boudoir, oh ! quel manquement !
Loin de vous, clandestinement
— Soyons austère ! —

Nous devisâmes, doucement,
Nos cigares se consumant,
Pour nous distraire,

Et nous surprîmes, abordant —
Le dire est peut-être imprudent ! —
Proche Cythère !

Mais, tout exprès, au bon moment,
Votre aimable avertissement
Vint fermer l'ère

De nos gais propos. Chastement,
Nous dûmes, très confusément,
Céans, nous taire.

Et, dans le salon tout brillant,
En attendant le thé bouillant,
Venir vous plaire...!

Ah ! le gracieux châtiment...!
Car, à votre chuchottement
D'écolière,

Nous rêvâmes, dévotement,
De vous, sans doute, apparemment...!
Quand on digère,

Le cerveau devient imprudent....!
Aussi, de crainte d'accident,
Moi, j'accélère

Ce petit bout de compliment.
Souffrez donc, charitablement,
Que je modère

Le madrigal étincelant
Qui, mes lèvres, s'en va brûlant...!
Ce commentaire

2

Vous paraîtra très suffisant,
Pour qu'un sourire bienfaisant
Vos yeux éclaire,

En attendant l'heureux moment,
De rependre, amicalement,
La crémaillère !!

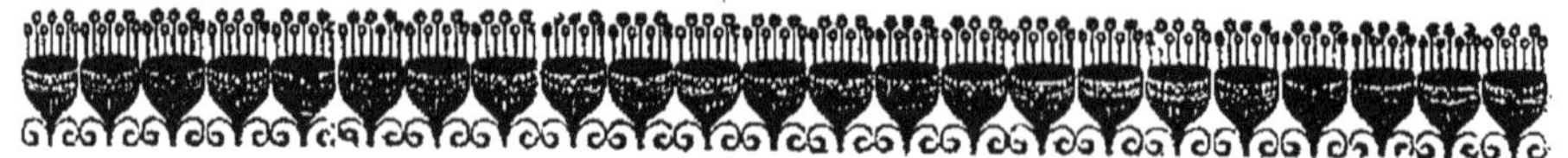

Le Questeur

Sur l'air du *Fromage* de V. MEUZY.

A Francis MARATUECH.

J' suis ferré sur les principes :
Démoc-soc ! Je n' connais qu' ça !
Je commande aux municipes,
Aux sergots... et cætera !
Je suis pour la République
Des bons bougres qu'ont du cœur ;
En fait d' loi, j' connais qu' la trique ;
Applaudissez ! J' suis questeur !

REFRAIN

Douillette questure,
Poste tant convoité,
Grâce à toi, sinécure, } bis.
Me voilà bien doté !!

J' suis imbu d' l'esprit de famille,
J'ai huit gos', fill' et garçons :
De quoi conduire un quadrille,
L'Etat paiera les violons !
Nous allons faire bombance,
Grâce au mandat argenteur,
Qui me signale à la France...
Bouffons en paix ! J' suis questeur

Sociale ou dame opportune,
Peu m'importe en vérité !
D'opinion, j' n'en ai qu'une :
C'est d'être bien appointé !
Que le badaud se querelle
Sur des questions d'honneur,
Le seul mot qu' ma lèvre épelle
C'est galette ! J' suis questeur !

Fureteur infatigable,
Je déniche des rapports,
Que je démarque, en bon diable,
Et sans l'ombre de remords ;
Ça m'a rendu populaire,
Bien qu'on me trait' de pipeur !
Grâce à tout mon savoir-faire,
J' tiens la timbal' ! J' suis questeur !

Un jour, destin fatidique,
Le Cabinet succomba ;
Comm' j'étais un politique,
Aussitôt on m' consulta...!!
Mais, la lenteur d'une rosse
M' fit rater l'emploi flatteur,
Un autr' grimpa dans l' carosse,
Qu'importe ! Je suis questeur !

Avec ardeur, je réforme
D'autrefois les vieux abus,
Et, dans mon esprit, je forme
Les projets les mieux venus ;
Je n'ai plus qu'une marotte, —
Je le dis avec rancœur, —
C'est qu'un plus roué m' dégotte ;
J' voudrais toujours êtr' questeur !

La questure est un fromage
Qui vaut dix-huit mille francs,
C'est un logis qu'à mon âge
On préfère à tous les bancs !
De peur qu'on n' me l' subtilise,
Je propose, sans rougeur,
Qu'on.... l'inamovibilise !
In æternum ! j' serais questeur !

En dépit d' la dynamite,
Qu'a failli nous chambarder,
Je ne crains pas la marmite ;
J' suis pas homme à renarder !!!
Si l'on fait sauter la Chambre,
J'aurai l'honneur mérité,
De ne pas faire antichambre
Devant l'immortalité...!

On chantera ma mémoire,
Et mes arrière-neveux,
En relisant mon histoire,
Tout bas, se diront entr'eux :
Soyons roublard et cynique ;
C'est le moyen d'arriver !
A ce doux panégyrique,
J' suis dans l' cas de ressusciter...!!!

REFRAIN

Douillette questure,
Poste tant convoité,
Grâce à toi, sinécure, } bis.
Me voilà bien doté !! }

Quatrain d'Envoi

A M. le Maire de X...

Par ukase municipal,
Le Questeur ne vit pas la rampe,
Humblement, du moins, qu'il se campe
A vos yeux ! C'est le principal !!

L'interdit

Sur l'air du *Pendu* de MAC-NAB.

A Léon CHRISTIAN,
du Théâtre de la Porte-Saint-Martin.

UN acteur venait de se rendre
Au théâtre de Rime-en-Yon,
Très désireux de faire entendre
Un monologue. Attention !
L'auteur me paraît trop sincère,
Fit le maire, provocateur.
Allez, Monsieur le Commissaire, } *bis.*
Céans, m'arrêter le Questeur !

Aussitôt, à l'hôtel de ville,
Et sans gaspiller un instant,
D'une façon fort peu civile
On traîne le récalcitrant.
Ah ! ça, Mossieu, que signifie
Ce pamphlet beaucoup trop frondeur ?
S'écria le Maire en furie,
Je n'admets pas votre Questeur. } *bis.*

Christian qu' ce propos énerve,
A peine à vaincre son courroux.
Vous trouvez donc qu'il a trop d' verve,
Clame-t-il, d'un ton aigre-doux.
En vain, vous êtes vénérable,
Proteste notre raide acteur,
Votre arrêté ne vaut pas l' diable,
J' n'en dis pas autant du Questeur. } *bis.*

N'en pouvant croire son oreille,
Le magistrat interloqué,
Avec un geste à la Corneille,
Après avoir bien reluqué
L'aède qui lui tenait tête,
S'écria : Je suis dictateur....!
Obéissez à ma requête,
Ne déclamez pas le Questeur ! } *bis.*

Inutile, mon bon, de feindre !
Votre truc est de blanc cousu.
Ismondy voudrait nous atteindre,
Mais le gaillard sera déçu....!
Usant de mon droit de police,
Je le décrète agitateur,
Et vous déclare son complice, } *bis.*
Fallait pas blaguer le Questeur.

Depuis ce jour, dans le théâtre,
On aperçoit, rôdant le soir,
Du foyer à l'amphithéâtre,
Un homme tout vêtu de noir....
Une légende populaire
Assure que c'est un guetteur,
Qui, sur l'injonction du Maire, } *bis.*
Doit tenir à l'œil le Questeur.

Courrier par Courrier

A Mlle Marcelle VERNHES.

Vous m'avez demandé des vers,
A moi, le dur batteur de prose...!
Faut-il vous l'avouer ? Je n'ose
Répondre à ce désir pervers...!

C'est un piège, Mademoiselle,
Que vous me tendez ; cependant,
Votre doux sourire m'aidant,
Je me défends d'être rebelle.

Que vous dire de point banal ;
Las, que vous chanter qui vous plaise ?
Je souhaiterais vous voir aise,
En demeurant original...!

Déclarer que vous êtes belle...?
A quoi bon ? Votre franc miroir
Mieux que mon lourd encensoir,
Chaque gai matin, le rappelle !!

Qu'il est, dans votre clair regard,
Des paillettes d'or, enivrantes,
Quand, dans le vague, il suit les pentes
D'un rêve d'azur... par hasard !

Que votre tête, si mutine,
Et votre teint d'albe velours
Font songer aux vieux Latours,
Frais pastels, que l'amour affine !

Mais, tout cela, vous le savez ;
Dès lors, pourquoi vous le redire ?
De grâce, n'allez pas médire,
Si, tôt, je tire mon *ave*

A votre coquette personne !
Il faut se taire à temps, toujours,
Quand la jeunesse dit : J'accours !
Je pars : ouvrez vite : elle sonne...!

Marguerite d'Avril

A Mme la Comtesse de PLOËSQUELLEC.

PAR un tiède soir d'avril,
Quand vibrait la chanson folle
Des nids au rythme subtil...,
Elle ferma sa corolle !

Elle avait senti peser,
Sur sa tige frissonnante,
Comme un rapide baiser
Fait de glace et d'épouvante...

Entr'ouvrant le bouton d'or
Où, vierge, dormait son âme,
Lasse, elle prit son essor,
Légère comme une flamme.

Dans le céleste jardin,
Quand Jésus la vit paraître,
De son seul regard divin,
Soudain, il la fit renaître.

Alors, délicatement,
De sa blanche collerette
Il fit un beau vêtement
D'azur, pour l'humble fleurette ;

Pendant que les séraphins,
A la nouvelle venue,
En cantiques cristallins
Souhaitaient la bienvenue...

Depuis, la Vierge l'abrite,
Sous les radieux lambris,
Et la frêle Marguerite
Parfume le Paradis...!

Chaque jour, elle recueille,
Pour un pauvre cœur blessé,
L'amour que son rêve effeuille
Aux pétales du passé !!

A Deux Quêteuses

A Mme P. GUILLEROT.

AH ! de grâce, excusez cet humble monnayage :
De Gringoire les fils sont restés un peu gueux...!
Pour réchauffer les cœurs, vous avez davantage,
Puisqu'un de vos regards peut faire des heureux !

A Mme J. LIBAUDIÈRE.

PARDON, vraiment, le don est trop modeste,
Acceptez-le, pourtant, avec bonté ;
Car, vous l'offrant, je suis encore en reste
Avec la main qui l'a sollicité !

La Casimirienne

A Jacques CORNÉLY.

SONNEZ clairons, roulez tambours !
C'est le landau blindé qui passe :
La troupe des sergots s'amasse,
Lépine veille aux alentours,
C'est le sauveur de la patrie :
Partisans de l'oligarchie,
Vous allez avoir d'heureux jours !
Sonnez clairons, roulez tambours !

Sonnez clairons, roulez tambours !
Ce beau sous-off a crâne allure ;
Pour qu'on admire sa tournure,
Il fait le vide aux carrefours...!
C'est le vainqueur de l'anarchie ;
Sous lui, l'hydre s'est avachie,
Sans nul besoin d'autres secours...!
Sonnez clairons, roulez tambours !

Sonnez clairons, roulez tambours !
Grâce à des ministres modèles,
La France, déployant ses ailes.,
Va reprendre son fier parcours...?
C'est le réformateur sublime :
Plus d'impôts, partant plus de dîme !
Vive Anzin ! Foin des vieilles cours !
Sonnez clairons, roulez tambours !

Sonnez clairons, roulez tambours !
Avec lui, la liberté sainte
Ne subira pas une atteinte...
Hors la sienne...! C'est sans détours !
On va retrouver l'abondance ;
Les non-lieu rêvent d'espérance ;
Rouvier songe à ses amours...!
Sonnez clairons, roulez tambours !

Sonnez clairons, roulez tambours !
Il aime tant la populace
Que pour lui faire un peu de place,
De la rente il baisse le cours ;
Afin que la presse discute
Son régime à fond et le scrute,
Il vous la bâillonne en deux tours...!
Sonnez clairons, roulez tambours !

Sonnez clairons, roulez tambours !
Car l'esprit nouveau nous inonde,
Il se répand, de par le monde,
Et Spuller vante ses atours !
La gloire, en fidèle maîtresse,
Gorge le président d'ivresse,
Tel, Boulange, au banquet de Tours !
Sonnez clairons, roulez tambours !

Sonnez clairons, roulez tambours !
Etendards de la jeune armée,
Sous sa tutelle renommée,
Vous braverez les Azincourts,
Et vous, gens de l'Académie,
Pour mieux célébrer son génie,
Mettez son éloge au concours...!
Sonnez clairons, roulez tambours !

Sonnez clairons, roulez tambours !
En l'honneur du souverain maître.
Ce n'est pas lui qui sera traître,
En prenant la France à rebours.
Pour ce loyalisme suprême,
Offrons-lui, tous, le diadème,
Avec le manteau de velours....!
Sonnez clairons, roulez tambours !

Sonnez clairons, roulez tambours !
N'est-ce qu'un rêve qui s'achève ?
Prenez garde ! Car l'heure est brève !
Et, déjà, mugissent les ours !
Çà grouille dans les noirs repaires !
Devant tant de sombres colères,
Que pèseront vos vains discours...?
Sonnez clairons, roulez tambours !

Sonnez clairons, roulez tambours !
Garez-vous ! La moisson perverse
A mûri ! La chanson qui berce
Ne réchauffe plus les cœurs gourds !
Dans le coude à coude des grèves,
Je vois étinceler des glaives
Et j'entends crier : Au secours !!
Sonnez clairons, roulez tambours !

Sonnez clairons, roulez tambours!
Car c'est la caisse de Santerre
Qui bat, tandis que l'on déterre
Les fantômes des mauvais jours....
Mais le sol engloutit la fange,
Le ciel s'ouvre..... et je vois l'archange,
Eternel et divin recours....!
Sonnez clairons, roulez tambours!

Sonnez clairons, roulez tambours!
La race franque est immortelle;
Dans le pays de la Pucelle,
Il est d'inattendus retours....!
C'est l'heure de la délivrance :
Vive Dieu! c'est un fils de France!
Il marche, escorté des faubourgs!!!
Sonnez clairons, roulez tambours!!!

For ever

A M. Paul GUILLEROT.

Le Jard, Lavaret, Mandarine,
De nos courses sont les héros !
La littérature, en sourdine,
Leur fait parvenir ses bravos !

Vrai, c'est tout bonnement superbe
Un tel succès, mon cher ami,
De compliments vaut une gerbe.
Je vous l'adresse donc, parmi

Des rimes, aux allures gauches,
Qui ne savent pas enjamber
Les obstacles et qui chevauchent,
Mais ne sauraient se dérober

Au plaisir de vous faire fête !
— Afin, céans, de le prouver,
Elles vont piquer une tête :
Hurrah ! Guillerot, *for ever !!*

Portrait d'Aïeule

A René BAZIN.

En son grand cadre d'or, très finement sculpté,
Bibelot ravissant d'une époque oubliée,
Dans un abandon plein de grâce étudiée,
Trône la jeune aïeule, en sa prime beauté.

Le visage, galbeux, est calqué sur l'ovale
Des minois si pervers que nous légua Boucher ;
Le regard caressant fait signe d'approcher,
Brûlant de ses reflets le front d'un blanc d'opale;

La lèvre ardente saigne, laissant ébaucher
Un sourire qui la fait plus éblouissante,
La nacre des narines vibre, frémissante
Sous les pensers d'amour qui s'y viennent nicher !

On sent battre le cœur sous le taffetas rose,
Mousseline et dentelle et tulles et linon
S'amassent, mais en vain, sur le sein de Ninon,
Pour voiler — vous devinez quoi ! — je le suppose...

Jadis, elle dansait à ravir la gavotte,
La chaconne et, surtout, l'élégant menuet,
Et sa traîne Watteau, glissant sur le parquet,
Dégageait un parfum troublant de bergamote.

Pour la fêter, on l'encensait d'un madrigal,
Qu'elle écoutait, dans une pose ensorceleuse,
Mais plus d'un la trouva froidement dédaigneuse
Aux serments tant berceurs qu'accompagne le bal,

Et sentit tout son corps flamber, comme une braise,
Quand, lui tendant la main pour lui dire : Au revoir !
Elle le suppliait de pousser le fermoir
Au panneau vernissé qui clôturait sa chaise !!

Comme ce temps est loin ! L'aïeule a soixante ans,
Elle n'a plus besoin de poudre maréchale,
Une mante, très sombre et très patriarchale,
Sert de couronne chaste à ses fins cheveux blancs.

Elle ne cherche plus les hommages du monde,
Et son cœur assagi n'a plus qu'un battement.
Dans son œil très limpide, aucun regard ne ment,
En fait de bal, elle n'admet plus que la ronde...!

Oubliant d'autrefois les charmes condamnés,
La marquise professe une austère morale,
Chaque jour que Dieu fait, à genoux dans sa stalle,
Elle pleure tout bas sur ceux qu'elle a damnés.....

Et quand le grand portrait rappelle trop de choses,
Et qu'il lui fait revivre un rêve parfumé,
L'aïeule, — c'est un fait très souvent affirmé —
Prise de repentir, le mitraille de roses....!

Le Monopole des Allumettes

Au Docteur A. GRELLOT.

Qui m'eut dit q' les allumettes,
A tête rouge et cœur blanc.
De leurs discrètes flammettes,
Chaufferaient l' gouvernement !

Que, par un coup de fortune,
Devenant sœurs du tabac,
Elles jailliraient de l'urne,
Sans le plus petit micmac... !

Lors, vive le monopole !
Sur le phosphor' dégoté,
Le chlorate caracole,
Devant le soufre épaté !

Aussitôt, sur nos pauvrettes,
La Bourse de s'élancer,
Et de leurs cotes coquettes
Cyniquement trafiquer...!

Quel luxe de cabrioles !
Pour se laisser tripoter...
On les vit, comme des folles,
Descendre, puis remonter !

Etablir par maints caprices
Qu'elles savaient voleter,
Aussi haut qu' les artifices
D' la Tour Eiffel..., sans rater !

Nous n' prenons pas ? C'te bêtise
Cria l'une, en ricanant,
Et, subito, vers la frise,
Elle part, en éclatant

Pfit, pfit ! Ah ! ce fut superbe !
C'était à vous aveugler ! —
Voyant ça, toutes, en gerbe,
Se mirent à s'enflammer !

Elles flambaient très, très vite ;
On criait : miracle autour.
On rafla, d' façon subite,
Plus d' mille actions, ce jour !

Cristi ! le joli coup d' Bourse.... !
Mais ça sentait le roussi...!
C' qui fait qu'en prenant sa course,
Un courtier, sage et rassis,

Cria : C'est un vrai sinistre... !
Veinard de gouvernement !
Il suffit d'un mot d' ministre
Pour frotter ! Crac ! V'là qu'ça prend !!

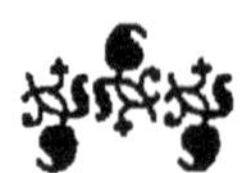

Page d'Album

A Mlle Louise BOUCHON.

SUR cet album, où ta jeunesse
Carillonne ses dix-sept ans,
Tu veux que je chante l'ivresse
De ton irradié printemps.

Tes projets dorés d'espérance,
Tes rêves chastes, tes soupirs,
Le présent que ton inconstance
A fait si riche en souvenirs,...

Enfant, tu sentis sur ta vie
La lourde griffe du destin ;
Et l'amertume de la lie
Rida tes lèvres de carmin... !

Tôt ou tard, — c'est la loi suprême —
Les yeux se remplissent de pleurs,
Il nous faut quitter ceux qu'on aime,
D'un adieu briser d'autres cœurs...!

Oublions cette sombre aurore,
Ce matin de deuil attristé ;
Le doux avenir chante encore
Un hymne à ta virginité.

Et puisque, magnanime et bonne,
Retenant un rire moqueur,
Tu permets que mon esprit donne
L'humble note qui part du cœur,

Que ces vers, riches d'indigence,
Reçoivent l'hospitalité
De ta souveraine indulgence,
Complice en ma fatuité...!

Ainsi que l'oiseau de passage,
Pour te plaire, j'aurai chanté.
Ne retiens de tout ce ramage
Que l'amour pur qui l'a dicté !

Chanson de Floréal

A ma Chère Femme.

C'EST le pimpant Floréal :
Dans l'air, la feuille frissonne,
Et mon âme carillonne
Un très vague madrigal !

Tout sourit et tout s'éveille :
Dans les bois et dans les prés,
La nature fait merveille,
Avec ses tons diaprés.

On entend jaser les branches :
Tandis que le blanc muguet
Conte fleurette aux pervenches,
L'acacia fait le guet...!

Plus loin, en sa collerette,
Près du ruisselet qui dort,
La marguerite caquette
Avec un gros bouton d'or...!

Les aubépines piquantes,
Esquissant le premier pas,
Sous leurs neiges odorantes,
Calment l'ardeur des lilas !

Cependant qu'un cri moqueur,
Au loin, déchire l'espace :
— Couples ravis, le temps passe,
Siffle le coucou railleur.... !

Tout est jeune et tout est gai :
En de galantes toilettes,
Les oiseaux, en amourettes,
Se prennent tous à l'essai !

Les rossignols, en leurs trilles,
Modulent à l'unisson ;
En sourdine, les charmilles
Accompagnent leurs chansons !

Les buissons ont des fauvettes
Au gosier sans égal...
On croirait ouïr des divettes,
Vous détaillant un choral !

Des villages de l'Afrique,
L'hirondelle, de retour,
Semble rapporter l'amour
Au cœur glacé du phtisique !

Le vent souffle des ivresses...
Et, sur le déclin du jour,
Là-bas, dans la vieille tour,
Les ramiers se caressent...!

Ce ne sont que chansons folles,
Que longs soupirs éperdus,
Les nids, comme les corolles,
Tressaillent de bruits confus !

On n'entend plus que roulades,
L'Echo, d'un ton déluré,
Nous retourne, énamouré,
De troublantes sérénades...!

La vibrante cantilène
Est d'un charme sans pareil !
Chaque âme fait sa neuvaine
A Messire le Soleil...!

Hurrah ! en l'honneur de Mai,
Chantonne, ici, l'ariette,
Vive Avril, dit l'odelette,
Bravo, scande un virelai !

Cependant que ces cantiques
Au ciel montent radieux.
Les faunes libidineux
Redeviennent poétiques....

Chacun se cherche et s'appelle,
Les lèvres sont des aimants,
Un seul regard ensorcèle
A tout jamais les amants.

Les bois, les taillis, les plaines
Ont de moîtes floraisons.
Partout éclatent les graines,
Reverdissent les gazons...!

Je me grise de parfums
Et de rêves de jeunesse ;
Quand, songeant aux temps défunts,
Une douce morbidesse

Me pénètre, lentement,
M'emplissant de poésie,
Tout bas, je repsalmodie
Mon unique et doux serment !

Je revis, comme en un songe
Les jours fastes des vingt ans,
« Vous n'êtes point un mensonge,
Tendres pages de romans !

Par vous, je renais sans cesse,
Vous êtes mon idéal,
Que survienne la vieillesse,
Je n'en serai point vassal !

J'aime, je crois et j'espère :
C'est le printemps éternel,
Mon cœur est un reliquaire,
Ton souvenir un autel...! »

C'est le pimpant Floréal :
Dans l'air, la feuille frissonne,
Et mon âme carillonne
Un très vague madrigal !!!

Noël de Damnés

A Louis D'ESTAMPES.

Le vent grince, rageur, dans les beffrois moussus,
Mêlant son cri plaintif aux vibrations lentes
Des cloches où l'on sent pleurer les voix dolentes
De tous ceux que la vie, ici-bas, a déçus...

C'est la nuit de Noël ! Sur les routes glissantes,
Au travers de la brume, on voit se profiler
Des spectres incertains, qui paraissent voler
Sous le ciel éclairé d'étoiles languissantes...!

Ce sont, toujours en deuil, des enfants de jadis
Dont le cœur ignora les naïvetés saintes...!
Pour n'avoir pas reçu les divines empreintes,
Leur âme de damnés clame un *De Profundis !*

Ils n'ont pas cru, petits, que les célestes granges
Répandaient, à Noël, d'abondantes moissons,
Et que, là-haut, vibraient de sublimes chansons,
Quand le Nazaréen, au milieu de ses anges,

Prenant de chacun d'eux le cadeau coutumier,
S'envolait, aux foyers que le désespoir guette,
Apporter l'abondance où régnait la disette
Et remplir son devoir d'ineffable aumônier.

Ils n'ont pas déposé, dans leurs jeunes années,
Au seuil de l'âtre chaud, et sabots et souliers
Et, sur leurs toits demeurés inhospitaliers
Le bon Jésus passa, sans voir les cheminées...! —

Le tant doux bambino, plus jamais, ne revint... —
Lorsque, d'un doigt glacé, la mort leur fit entendre
Que, pressée, elle n'avait pas le temps d'attendre,
Leur cri de désespoir, au Ciel, demeura vain !

C'est le remords cuisant, qui — quand la neige tombe
A l'heure de minuit, sur le Noël vainqueur —
Evoquant, tout à coup, une antique rancœur,
Les tire, frissonnants, du néant de la tombe...!

Mais, c'est en vain que dans les temples parfumés,
De nuages d'encens et d'hymnes triomphales,
Ils s'agenouillent. Leurs prières sépulcrales
N'arrivent même plus aux Séraphins charmés...!

Et ce supplice affreux dure, tant que l'aurore
Sur eux n'a pas osé projeter sa clarté...
Ils replongent, alors, dans leur éternité...
Et l'Hosannah joyeux éclate, plus sonore...!!

Bouquet de Fiançailles

A Mme Marc BOUCHON.

O fleurs de thermidor, discrètes messagères,
Sélam mystérieux que l'on comprend toujours,
Envolez-vous vers elle, ô belles passagères,
Et, de parfums subtils, formant votre discours,

Présentez-lui mes vœux, dites-lui que mon âme,
En vos calices d'or, a voulu reposer,
Afin que soit plus pure et plus chaste la flamme
Que ma lèvre timide ose point accuser.

Dépeignez les ennuis d'une trop longue absence
Murmurez bas, bien bas, comme dans un soupir,
Le serment que je fais, seul, en votre présence,
Sans crainte que, jamais, je le puisse trahir.

Osez tout, car vous êtes les enchanteresses !
Ne vous arrêtez pas en votre doux parcours !
Au but, vous recevrez de suaves caresses
Qui feront frissonner vos feuilles de velours.

Enfin, pour terminer la visite mignonne,
Après un doux séjour sur le sein virginal,
Vous vous alanguirez sur son front de madone,
Prêtant à notre amour votre charme lustral.

Le Chic !

A Armand de BONVILLIERS.

Il est des gens, par le monde,
Qui sont fort considérés :
Leur marque, altière et profonde,
Leurs gestes maniérés,
Leur acquièrent toute estime.
Comment ça ? Voilà le hic !
Leur vertu n'est qu'une frime,
Mais la façade a du chic !!

Admirez dans le prétoire,
Cet avocat si verbeux ;
A l'entendre, on pourrait croire
Qu'il est éloquent pour deux.
Sa faconde est dans son geste,
Et, satisfait de ce tic,
Il se moque bien du reste.
Son audace, c'est son chic !!

Voyez sortir de l'école,
Ce bel officier fringant,
Sur lui l'uniforme colle,
Son regard est arrogant.
Il jure et déjà tempête,
Surtout s'il est en public... !
Il n'a fait qu'une conquête
A Cythère, par son chic !!

Cet oracle en médecine
Très haut cravaté de blanc,
Jadis, dans une officine
Empoisonnait le client !
On vous célèbre à la ronde
Son fameux diagnostic.
Il sait épater son monde
En le plumant avec chic

Dans le temple de la Bourse,
Ce pleutre, très entouré,
N'a, dit-on, pas de ressource,
Mais, comme il est décoré,
Les gogos, race féconde,
Encouragent son trafic....
Entre ses mains, l'or abonde,
Le dix pour cent, c'est son chic

Solennel à la tribune,
Ce Lycurgue de canton,
Devant chacun et chacune,
Se compare à feu Danton !
Les ministres le redoutent.
On dit qu'il est leur Warwick,
Personne n'y comprend goutte,
Sa puissance est dans son chic !

Cette vieille chasseresse,
Ardente et folle, jadis...
S'aperçoit avec tristesse
Qu'elle n'a plus un Daphnis !
Pour venger son infortune,
Avec sa langue d'aspic
Elle imite Rodogune,
Mais son poignard a du chic !!

Figé dans le Protocole,
Notre nouveau président
Prend racine au Capitole ;
Aussi l'on va prétendant
Que sa froide dictature
Ne coulera pas à pic,
Faute de candidature
Possédant un pareil chic !!

Le doux poète travaille,
Rêvant d'immortalité ;
Mais c'est en vain qu'il rimaille,
Pour vaincre la pauvreté,
Il ignore la formule :
Sa vertu de porc-épic
N'encense pas la crapule,
On dit qu'il manque de chic !!

Tripotez en politique,
Dans les salons médisez,
D'intrigues, tenez boutique,
Faites-vous un cœur bronzé
A l'instar des gigolettes,
Embarquez sur tous les bricks !
Pourvu que vos pirouettes
Et vos mensonges soient chics !!

Le chic est la grande affaire
En notre siècle blasé,
Tout le reste est secondaire,
Je crois l'avoir exposé.
Puisqu'il faut du maquillage,
Prendre l'odieux mastic,
Faisons du cabotinage...!
Un triple hurrah pour le chic !!!

Sur la route d'Orcival

A M. et Mme Joseph GRAND.

SUR les verts sommets du Mont-Dore,
D'où sourdent les torrents glacés,
Aux pics que le gai soleil dore,
Près des vieux bourgs des temps passés.

Je les ai vus, pleins de tendresse,
Dans leur doux rêve parfumé,
Subissant le charme et l'ivresse
D'aimer et se sentir aimé !!!

Le temps coulait... mais la vieillesse
Effleurait leur cœur, sans oser
De ses doigts tremblants arracher
Les purs feuillets de la jeunesse.

Ainsi, là-haut, sur les grands pins,
S'amasse la neige éternelle,
Sans jamais pouvoir, en leurs seins,
Tarir la sève originelle...!!

Le Regard de Carmen

A Henry de LINIERS.

Où donc as-tu puisé l'infernale puissance,
Qui fait de ton regard aux reflets cajoleurs
Un stylet acéré, qui poignarde à distance,
Et, lorsqu'il se retire, avive les douleurs ?

Sur qui l'aiguisas-tu, cette lame perfide,
Pour lui donner un aussi terrible pouvoir ?
As-tu compté les cœurs où son coup fit le vide,
Les larmes, où se noya tant de désespoir ?

Quand le rayon jaillit de tes fauves prunelles,
On dirait, sous ton front, d'énormes charbons noirs
S'allumant, tout à coup, d'ardentes étincelles!

Je m'y brûlai, jadis ; aujourd'hui, j'en ricane,
Car, je vois, en tes yeux, ainsi qu'en deux miroirs,
Se refléter, impure, une âme de gitane !

Premier Bal

A Mlle Madeleine MESSAGER.

VOTRE bal était trop charmant,
Pour que je tente de traduire
Ce que présentait d'alarmant
Tant de beaux yeux faits pour séduire...
Votre bal était trop charmant !!

Votre bal était trop charmant :
Frou-frou de soie et de dentelles,
Chairs de marbre et noires prunelles
Plus brillantes qu'un diamant...!
Votre bal était trop charmant !!

Votre bal était trop charmant :
Car, tout ruisselant de jeunesse,
Il m'a laissé, — je le confesse —
Un souvenir où rien ne ment...!
Votre bal était trop charmant !!

Votre bal était trop charmant :
Oh ! la gamme des beautés blondes
Et des brunes, s'amalgamant
Au rythme ensorcelé des rondes...!
Votre bal était trop charmant !!

Votre bal était trop charmant :
Que de douces enchanteresses
Ignorant encor les ivresses
De leur pouvoir d'enjôlement...!
Votre bal était trop charmant.

Votre bal était trop charmant :
L'automne chaude et l'avrillée,
D'aube fraîche toute mouillée,
Quel plus gracieux chatoiement...!
Votre bal était trop charmant !!

Votre bal était trop charmant,
Ensoleillé de gais sourires,
Et fleurant les suaves myrrhes
D'un capiteux encensement!
Votre bal était trop charmant!!

Votre bal était trop charmant:
Et vous en fûtes la plus belle.
Rien d'étonnant, Mademoiselle,
Puisque vous en étiez l'aimant...!
Votre bal était trop charmant!!

ENVOI

Votre bal était trop charmant:
De sa vision fugitive,
Ma pauvre muse sensitive
N'est qu'un modeste bégaiement...
Votre bal était trop charmant!!

Défaite !

A Mme X... qui m'avait demandé des vers, en lui envoyant un sonnet d'Armand Silvestre.

J'AVAIS accordé mon luth,
Pour les tendres pâtenotres !
Craignant de rater mon *ut*,
Je choisis celles des autres !

Ce vous sera tout profit..!
Et j'aurai, moi, l'avantage
D'esquiver le noir dépit
Qu'eut causé mon badinage !

La Légende à Waldeck !

A Eugène DUFEUILLE.

COMME Ugolin, de macabre mémoire,
La Marianne ayant un jour bouffé
Tous ses leaders — la chose est très notoire !...
Cherchait partout un consul étoffé,
Ayant du chic, de l'œil et de la poigne,
Pas scrupuleux et sachant parler sec
Aux clients que maître Millerand soigne.
Quelqu'un lui dit : Faut appeler Waldeck !!

Ferry n'est plus. Dans un scrutin épique
Floquet sombra, sans pouvoir retrouver
Les mots fameux, le style magnifique
Que de Larousse il savait exhumer.
De Freycinet la souplesse féconde
Est aussi dure que le bois de Teck.
Burdeau, du *Globe*, n'est plus de ce monde.
Tout craque et meurt, tout, hors Rousseau Waldeck !

Pour retaper à neuf sa renommée,
La République a besoin d'un grand cœur ;
Trop longtemps d'une ceinture dorée,
Constans-Sidi promena l'impudeur ;
De Panama la boueuse lessive
N'a plus laissé debout le moindre cheik :
Roche et Rouvier flottent à la dérive...
Dans la nuit sombre, on ne voit que Waldeck !

Mélancolique en sa prison d'Étampes,
Baïhaut se repent d'avoir trop parlé,
Antonin Proust sent battre sur ses tempes,
Des électeurs, l'implacable tolle.
L'X..., trop fameux, chiffre ses dividendes,
Tandis qu'en Corse, taillant comme un Grec,
Hébrard le pur esquive les amendes...
Y a plus d'espoir ! Faut appeler Waldeck !

Les anarchos construisent des marmites
Que l'on entend partir un peu partout.
Pour fuir le noir baiser des dynamites,
Périer mit les brigades debout.
Au président qui n'y vit point malice,
Le gros Dupuy préparait un échec...!
En attendant, on triple la police...
Faut être prêt pour l'heure de Waldeck !

Il avait déserté la politique,
Et, comme un sage, qui sait ce que vaut
Le lourd honneur de la chose publique,
Dit un adieu à la place Beauveau.
Des avocats, réendossant la toge,
Pour Thémis, il accorda son rebec.
Qu'il chantât juste ou non, on fit l'éloge
Du fier breton qui s'appelle Waldeck !

Ce qu'il plaida, c'est inimaginable !
Ce qu'il gagna ? Vrai, ce fût insensé !
Son éloquence soignait le coupable,
En raison même de son déboursé.
Austère en tout, — c'est un fait authentique ! —
Sa vertu sombre imposait le respect,
Même, elle avait quelque chose d'antique !
L'âme patricienne de Waldeck !

Des envieux à l'humeur très chagrine,
Pour débiner cet illustre orateur,
Dans un sentiment, que chacun devine,
Vont, répétant que c'était un rhéteur !
Qu'il soutenait tous les avis contraires,
Pourvu qu'on lui donnât plus d'un copech,
Qu'il défendit Eiffel ! Ces commentaires
Ne sauraient entamer maître Waldeck...!

Collectionneur exquis de choses rares,
On dit qu'il possède beaucoup de plats,
C'est dans ceux-ci qu'il recueillait les arrhes
Tombés du gousset des doux scélérats.
A force de faire dans les faïences,
Il sut toujours raccommoder avec
Habileté les grandes défaillances.
Un spécialiste que ce Waldeck...!

Avec un flair subtil que rien ne leurre,
Dans son dressoir, à la place de choix,
Il a suspendu l'assiette au beurre ;
C'est ce qui taquine l'ami Bourgeois.
Les radicaux ont l'estomac avide...!!
C'est, justement, pour leur clouer le bec,
Que le Tanneur, d'une façon perfide,
Sans y toucher, nous ménage Waldeck !

En résumé, c'est la dernière carte,
Le coup suprême qui reste à tenter.
Faisons le vœu que Marianne écarte,
Cela nous évitera de sauter...!
Reinach, déjà, signale la tempête,
Et, frissonnant, se tâte le bifteck !
Pour lui, ne soyons pas un trouble fête,
Fêtons Rousseau, tous, et chantons Waldeck !

Sur un Bracelet

A ELLE.

Que ce frêle bijou, qui sur ton bras d'albâtre,
Va bientôt reposer,
Te rappelle, toujours, ô toi que j'idolâtre,
Notre premier baiser !

Cet anneau nous unit ; nos âmes n'en font qu'une,
Et, pour les diviser,
Il faudrait, n'en déplaise à la sombre fortune,
D'un seul choc les briser !

L'inconnue

Au Maître François COPPÉE.

J'ai le cœur et l'esprit chagrins!
Car, je cherche en vain la folie
Qui berçait ma mélancolie.
J'ai le cœur et l'esprit chagrins!
Où court-elle; et par quels chemins,
Sème-t-elle au vent ses caresses
Et ses trop volages tendresses?
J'ai le cœur et l'esprit chagrins,
Au souvenir de ses ivresses...!

Je la connus, un beau matin :
Avril embaumait ma chambrette,
De sa senteur si guillerette.
Je la connus, un beau matin :
Fleurant le lilas et le thym,
Dans une pimpante toilette,
Gazouillant comme une alouette.
Je la connus, un beau matin,
Vive, désirable, coquette...!

Elle avait de très jolis yeux,
Le teint rose, une bouche exquise,
Le front haut, la taille bien prise.
Elle avait de très jolis yeux,
Depuis, j'ai rêvé souvent d'eux,
Et rallumé ma convoitise
A leur si douce mignardise.
Elle avait de très jolis yeux,
En parler seulement me grise...!

Poète, dit-elle, bonjour !
Veux-tu m'accepter pour hôtesse,
Je prendrai part à ta paresse.
Poète, dit-elle, bonjour !
Je te chérirai sans détour ;
Va, ne reste pas seul ; n'écoute
Point les tristes conseils du doute.
Poète, dit-elle, bonjour !
Jamais ne ferai banqueroute...!

Je restai longtemps sans parler,
Devant l'étrange enchanteresse.
Je fus un sot, je le confesse.
Je restai longtemps sans parler ;
Mais elle de me cajoler,
S'efforçait avec trop d'adresse,
Souriant à ma maladresse.
Je restai longtemps sans parler,
Démonté par sa hardiesse...!

Devant mon air hurluberlu,
Son rire jaillit en fusées.
Sa langue eut des phrases osées,
Devant mon air hurluberlu.
Moi, de plus en plus confondu,
Je sentais bouillir, je l'avoue,
Un flot de sang vif sous ma joue.
Devant mon air hurluberlu,
Mais, soudain, elle fit la moue...!

Encouragé, je pris sa main,
Et commençai, sans pruderie,
Une éloquente causerie...
Encouragé, je pris sa main,
Je terminai, le lendemain,
Ce joli début de conquête,
Par la décisive requête.
Encouragé, je pris sa main,
Dans un délirant tête à tête...!

Lors, nous vécûmes radieux,
De jours dorés des charretées,
Je ne parle pas des nuitées...
Lors, nous vécûmes radieux,
De l'avenir, insoucieux,
Chantant les amours éternelles,
Accordant nos âmes jumelles.
Lors, nous vécûmes radieux,
Notre roman de tourterelles...!

J'aurais voulu savoir son nom ;
Je l'implorais avec instance,
Sans pouvoir forcer son silence.
J'aurais voulu savoir son nom ;
Toujours, elle répondait non.
A mes questions indiscrètes,
Ses lèvres demeuraient muettes.
J'aurais voulu savoir son nom,
Comme titre à nos amourettes...!

Certain soir, je rentrai tout seul.
C'était en plein mois de décembre,
Il faisait grand froid dans ma chambre.
Certain soir, je rentrai tout seul,
Mon cœur semblait en un linceul.
J'attendis, en vain, l'inconnue...
Qu'était-elle donc devenue...?
Certain soir, je rentrai tout seul,
Elle n'est jamais revenue...!

Je n'ai cessé de la pleurer,
Malgré sa cruelle inconstance.
De me plaindre, je vous dispense.
Je n'ai cessé de la pleurer.
Si vous pouvez la rencontrer,
Ne dites pas à la traîtresse
Ma profonde et noire détresse.
Je n'ai cessé de la pleurer.
Elle s'appelait..: la Jeunesse...!

Accusé de Réception

A un Confrère républicain.

C'est par suite d'une anicroche
Et non — croyez-le — par dédain
Que mon canard manqua le coche,
Le pauvre !... il n'est plus dans le train !

Vous êtes trop ultramontain
Pour ne point pardonner la chose
Et me traiter de sacristain.
En regrettant, si fort, ma prose,

Vous me flattez — ça c'est certain !
Aussi, je termine ma glose,
En vous tendant ma gauche main —
C'est la seule dont je dispose...!

Sonnet Epicurien

A Léon DESCHAMPS,
Directeur de la PLUME.

LE bonheur dure peu : comme la marguerite,
Il s'effeuille et se fane en nos brèves amours !
N'attend pas à demain, crois-moi, saisis-le vite
Quand il passe, et devant qu'il meure pour toujours !

La trame de ton rêve est de chimères roses ;
Va, suis-le, radieux, sans prévoir les cahots
Dont, triste voyageur, j'ai méconnu les causes,
Jusqu'au jour où mon cœur se fondit en sanglots !

C'est la cruelle loi : le plaisir et la peine,
Alternent, tour à tour, l'inégale antienne,
Dans l'âme que révolte un rythme si fatal...

Raison de plus d'aimer — puisque le temps nous presse,
Avant que l'idéal qui, si tôt, nous délaisse,
Te quitte, pantelant, sous son adieu brutal...!

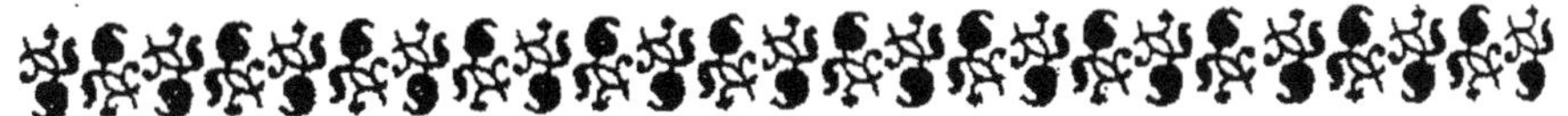

Madrigal à Flavia

A Mme la Comtesse D'YSARN FREISSINET.

Vous avez du *Feu-Follet*
Ranimé la flamme pâle :
Il se mourait, le pauvret,
De la province ; et son râle,

Tristement, sonnait le glas,
En notre cœur de poète ;
Nous pleurions sur son cas,
Quand, vous faisant l'interprète

De notre deuil, éperdu
En désespérances folles,
Vif, vous nous l'avez rendu,
Tout rayonnant d'auréoles...!

Lui, qui, jadis, au Marais
Bourgeois, limitait sa course,
Il habite en un palais
Et, gai, fait tinter sa bourse...

En face du Tout-Paris, —
Mystique aimant de notre âme ! —
Comtesse, vous fîtes pis
En ennoblissant sa flamme...!

Céans, c'est un aristo,
Qui se rit de la cabale,
Et soupire, incognito,
Pour la moderne vestale,

Qui fait qu'il peut voltiger,
Galamment, bien que sans poses
Et se dire messager
Des blanches métamorphoses !

De l'art et de l'idéal
Il va poursuivre la route,
Avec vous, pour seul fanal,
Sans qu'il trébuche ni doute.

Jusqu'au jour où, grandelet,
Son essor, pressant les cimes,
Les penseurs de *Feu-Follet*,
Ciselant de jeunes rimes,

Rediront, en strophes d'or,
Et dans la langue magique :
Flavia, vous êtes encor,
Toujours... la clarté féerique...!

En-Tête de Menu

A Mme POIRIER-COUTANSAIS.

En votre doux regard, rayonne la bonté,
Ce soleil d'or divin qui réchauffe les âmes...
Mais, en dire plus long, sur votre charité,
Serait — et j'en frémis ! — encourir tous vos blâmes !

A Mme Marcel VERNHES.

Quand je vous entendis, pour la première fois,
Au clavecin, chanter cette vieille romance,
Je savourai, charmé, la suprême élégance
Et le grand art qui font si belle votre voix...!

A Mme Paul GUILLEROT.

Vous voulez que l'on pense et parle franchement,
Et qu'on aime pareil...! — du moins, je le suppose ! —
Le cas n'est pas banal, car, en fait, il expose
Un esprit qui voit clair dans un cœur qui ne ment.

A Mme Joseph LIBAUDIÈRE.

D'un quatrain bon enfant, souffrez que sans façon,
Céans, je vous fasse l'hommage ;
Et l'accroche, bien vite, au galant hameçon
De vos yeux au troublant mirage...!

A Mme Charles COUTANSAIS.

Epouse d'avant-hier et mère d'aujourd'hui,
Tout vous sourit, puisque tout vous affectionne.
Votre été sera frais et très chaud votre automne,
Grâce au cœur généreux, désormais votre appui !

A Mlle Marcelle VERNHES.

En consultant ce menu,
Vous n'y verrez pas la pêche..!
Plus qu'elle, vous êtes fraîche...,
Et je m'en suis souvenu...!

A Mme H. REMY DE SIMONY.

En ta qualité de maîtresse de maison,
Tu n'as droit — c'est cruel! — qu'à mon humble silence.
Entre gens de bon goût, c'est la jurisprudence!
Nos amis du barreau diront que j'ai raison!

Modéré !

A Charles DUPUY.

C'EST d'un journal très modéré
Qu'il s'agit, ne vous en déplaise.
Quel nabab fournira... la braise
A ce caneton timoré...?

Républicain très modéré !
Il en parle bien à son aise ;
Il sera rose comme fraise ;
Mais... il ne sera pas doré !

En catholique modéré,
Il trouvera bon qu'on biaise,
Sur l'enseignement du curé !
Il sera plat comme punaise...!

Son succès sera modéré ;
Chacun dira : Quelle fadaise !
Quand il sera trop obéré,
Il prendra son vol..., à l'anglaise !

C'est le sort de tout modéré
D'avoir le... nez entre deux chaises !
Bien que je parle au figuré,
Cela ne va pas sans malaises !

Le Dimanche du Troubade

Au capitaine Jean d'EUDEVILLE.

Ils se promènent, deux par deux,
Le regard vague, langoureux.
A l'aventure

Ils marchent, machinalement,
Toujours au pas, mais lentement.
A leur allure

Un peu gauche, on sent aisément
Le pastour, que le régiment
Coule en son moule,

Le bleu de la veille, au pas lourd,
Qui conserve son air balourd,
Et dont l'œil roule !

Car, avant d'être martial
Et de briguer du caporal
L'humble sardine,

Faut astiquer le fourniment,
Laver, brosser, et promptement !
A la cantine

Ne se rafraîchir qu'aux grands jours,
Et songer, partout et toujours,
Aux théories

Du Lebel et du demi-tour.
Quand on est simple troubadour,
Pas de folies !

Bon pour les gradés conquérants,
De s'offrir de grands airs flambants.
Eux, en cachette,

Loin de la ville, dans les champs,
Ils s'en vont, calmes et contents.
Et si l'herbette

Est tendre, et que le gai soleil,
Fermant leurs yeux pour le sommeil,
Les abandonne

Aux rêvès du pays natal,
Lors, le chant du coq matinal,
En eux fredonne ;

Et son cocorico vainqueur
Evoque, aussitôt, en leur cœur,
La vieille ferme,

Où — c'était la première fois ! —
Un soir, en revenant du bois,
Leur épiderme

Se zébra du premier frisson,
Où le beau matin de moisson,
La lèvre imberbe,

Tout grisés de parfums subtils,
Ils embrassèrent sur les cils,
Proche une gerbe,

Et puis Toinette et puis Toinon,
Sans qu'elles pussent dire non !
Mais, rêvons vite,

Car le jour baisse à l'horizon,
Estompant d'ombre le gazon.
A la marmite,

Le clairon va tantôt sonner ;
Mais on méprise le dîner.
Pour la luette !

On rajuste le ceinturon,
Et, sur un bon coup de picton,
A la guinguette,

On enlève, en un rigodon,
La brune ou la blonde dondon,
Qui considère,

Comme un honneur très éclatant,
Ce flirtage tambour battant.
Le militaire

Mène les choses rondement.
Dès qu'on a reçu l'armement,
Dame Nature

Vous inculque le sentiment :
L'amour est du casernement !
C'est la torture

Qui fait que tout prudent bourgeois
Surveille le joli minois
Qu'il a pour bonne.

Mais, en vain, il guette, aux abois,
Et met verrous sur triple bois,
Quand Mars braconne !

Cavaliers comme fantassins
Vous ont des regards assassins
Que les nourrices,

En extase, aiment sans détours...
Et les œillades de velours
Sont les indices

Qu'on autorise un brin de cour,
Et qu'ils sont classés hors concours !
Tention ! Fixe !

Cupidon s'envole ! Au quartier
Voici paraître l'officier
Qui, pas prolixe,

Vous colle vos six jours de bloc,
Parce que, raide comme un roc,
Vous trébuchâtes,

Au poste, hier, en rentrant,
Alors que, vous arc-boutant,
Vous défilâtes...!

On n'est pas de la classe, hélas !
On n'aime pas les embarras,
Et, sans réplique,

On s'allonge, sur son châlit,
Et, tout comme un jeune conscrit,
Son somme on pique !

Dimanche prochain, deux par deux,
Le regard vague, langoureux,
Je conjecture,

Ils reprendront, plus vigoureux,
Le chemin des amours heureux,
Sans courbature !!

Pessimisme

A Louis LABAT.

Sous l'étreinte du vent, le chêne s'est fendu
Et la sève jaillit, par l'entaille nouvelle ;
Ainsi mon cœur blessé, par une main cruelle,
Dans un spasme suprême a son sang répandu.

Presqu'aussitôt, l'hiver perfide est survenu,
Glaçant sous ses baisers la branche encore verte ;
Et j'ai senti pleurer, dans ma poitrine inerte,
Le doux rêve dont, seul, je me suis souvenu !

Espoirs évanouis, ô feuilles desséchées,
Comme autant de jalons, vos navrantes jonchées
Evoquent le roman d'atroce cruauté...

Dont, je me prends, souvent, à retourner les pages,
Lisant jusqu'à deux fois les plus tristes passages ;
Et je goûte à mon mal une âpre volupté...!

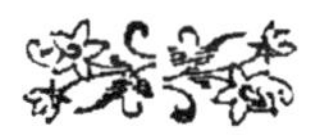

La Blague

A Mlle Marie PONS.

CERTAIN roi, fort connu dans la mythologie,
M'enseignait-on, jadis, transformait tout en or.
C'était le temps de la magie.
Par lui tout devenait trésor !

Ce temps, hélas ! n'est plus ; et chacun le regrette !
Le roi Midas s'en fût, emportant son secret,
Et l'on n'a pas trouvé l'étonnante baguette
Qui donnait aux objets leur séduisant reflet.

Mais, si Midas est mort et sa trace effacée,
Il a, du moins, laissé d'aimables farfadets
Continuer, ici, son œuvre commencée.
Parmi ces gais lutins, aux minois joliets,

J'en connais un, charmant, entre tous ses confrères :
Son cœur est jeune et pur ;
Et son regard, souvent, s'emplit de doux mystères,
Quand il monte, rêveur, vers la voûte d'azur.

Te dirais-je : Il est beau ? Quand c'est la beauté même.
Ajouterais-je : Bon ? Quand, peut-être, l'amour
Avec lui-même,
Ne saurait lutter un seul jour...!

Bref, mon gentil démon, pour le peindre très vite,
M'adore ; et c'est pourquoi je te le dis tout bas.
Je suis faible devant son invite,
Car ce qu'il a touché — comme le roi Midas ! —

Il le rend si mignon, si frais, si plein de grâce,
Si coquet, si drôlet..., il vous l'offre si bien,
Que je fais, sitôt, lèvre basse
Sur son front de magicien.

Mon petit farfadet, cependant, est menteur,
C'est là son seul défaut ! J'en jure par sa bague.
Pas plus tard qu'hier, le farceur
M'a fait..., quoi ? Devine... Une blague !

Une blague ? Quoi ! Vraiment,
Une blague véritable !
Je vois votre mouvement
Traitant mon conte de fable.

Il n'en est rien, ça, morbleu !
Véridique est l'aventure ;
Mais, je finis la torture :
Ma blague est en velours bleu !

Plus d'un lecteur, pensant que ma plume divague,
Dira, d'un ton moqueur : Et la moralité ?
C'est qu'on ne doit, jamais, se permettre une blague...
Le sac... à tabac excepté !

Billet d'Adieu

A Mme la baronne de BLANCHONVAL.

Pour vous, puisqu'il le faut, je me mets en vedette!
Or, ça, vous avouerez
Que je me risque fort, en me faisant poète.
Mais, vous pardonnerez,

— Du fond de votre cœur, — aussi bonne que belle,
Au moment de partir,
Au passant indiscret, quêtant une parcelle
De votre souvenir!

Vous nous avez charmés ! Qui donc fut le coupable,
Ou de vous ou de moi ?
Le dire, c'est mon droit. Suis-je pas excusable,
Etant de bonne foi ?

Vous avez trop d'esprit, votre voix est trop pure,
Votre regard trop doux,
Pour m'infliger, Madame, une dure censure,
Et vous mettre en courroux.

Vous allez nous quitter, et pour longtemps peut-être !
Quoi, sitôt s'envoler,
Alors que, tout ravi d'apprendre à vous connaître,
Je cessais de trembler !

Partir, — sans un délai — pareille à l'hirondelle,
Dans un rayon doré !
Pourquoi ne nous avoir pas caché la nouvelle,
Qui me laisse navré ?

Soit ; mais, au moins, abandonnez-nous votre image,
Nous laissant espérer
Que votre âme d'enfant refusera, volage,
De nous désenivrer !

Que de l'ami, foulant les ronces de la vie,
Pour vous en prémunir,
Vous garderez le nom, lors même que l'envie
Dirait de le bannir !!

Paradoxe Fin de Siècle

A Paul BOURGET.

La femme, quand elle est enfant,
S'entoure d'un tas de poupées,
Chaque heure, à leurs jupes fripées,
Son caprice va, s'agrafant.

Plus tard, quand sonnent les vingt ans
Et qu'elle est grande demoiselle,
Poupée, à son tour, elle épelle
Les fadaises des courtisans.

A ce dernier jeu, paraît-il,
Elle acquiert des grâces nouvelles
Qui font jaillir de ses prunelles,
Je ne sais quel charme subtil.

Lors, experte en mines savantes,
Et connaissant l'art d'attaquer,
Elle excelle à nous provoquer
De ses œillades agaçantes.

Gare à qui se laisse émouvoir
Par son sourire de coquette,
Et qui prend pour une amourette
Son si décevant nonchaloir.

Car, elle est la sœur de la chatte :
Sous le velours de son baiser
Elle s'efforce d'aiguiser
L'acier fin de son coup de patte...!

Aimer, pour elle, n'est qu'un jeu.
Nous sommes ses polichinelles,
Et nos cœurs vont, en ribambelles,
Se fondre à son étrange feu.

O mes pauvres marionnettes,
Comme elle vous fait bien valser !
Avant que de les embrasser,
Que de tours et de pirouettes...!

Que de pantins frais éventrés,
Pour voir ce qu'ils avaient dans l'âme ;
Que de son jeté sur la flamme
De leur flirtage désœuvré...!

Quand, subissant la loi des âges,
Son front de rides s'est creusé,
Elle distille, en son creuset,
Le noir poison des mariages...!

Grâce à ce dernier procédé,
Elle abdique jamais son rôle :
Rouler les jeunes semble drôle
A son esprit dévergondé...!

Ce bibelot coûte fort cher ;
Bien que Nuremberg en fabrique,
Pour en monter une boutique,
Ecrivez, tout droit, à l'enfer...!

Amende Honorable

A SÉVERINE.

C'EST fort affreux, m'avez-vous dit,
De déchirer ainsi la femme,
Et très peu galant ! Sur mon âme,
Vous m'en voyez tout interdit !

Puisque j'ai pu tant vous déplaire,
Plus que cela : vous irriter,
Souffrez que j'ose discuter
Les motifs de votre colère.

Si vous prîtes mes vers pour vous,
La douceur et la bonté mêmes,
Je conviens que mes anathèmes
Sont dignes de votre courroux ;

Que vous êtes délicieuse,
En tous points ; et qu'à tous égards
Je mérite les coups de dards
D'une langue malicieuse ;

Que d'avoir provoqué votre ire
Est le plus grave des péchés,
Et qu'à faire de tels marchés,
On renonce à votre sourire....

La pénitence, sur ma foi,
Dépasse, de trop, la querelle,
C'est la justifier, cruelle,
Que de m'en imposer la loi !

Mais, vous sentez bien que je raille,
Et que, dans le fond de mon cœur,
Je venge, en somme, la rancœur
De me sentir une antiquaille,

De lire dans vos jolis yeux,
Changeants comme un prisme limpide,
Que le front qui, bientôt, se ride,
Finit par se faire ennuyeux...,

Qu'il faut être jeune pour plaire,
Et se montrer plein de ferveurs,
Pour espérer de vos faveurs,
Se trouver l'adjudicataire...!

Qu'il faut savoir rire de tout,
Ne s'étonner de rien, et prendre —
Sans vouloir jouer les Cassandre —
Votre caprice pour atout;

Se montrer partenaire aimable
Et payer très royalement,
Même quand votre amusement
Se croit permis d'être insolvable !

Vous le voyez : je suis très franc...
Que votre satire moqueuse,
A son tour, se montre oublieuse,
Et de noir me fasse tout blanc !

Oui, j'ai menti, — c'est entendu, —
En vous baptisant d'infernales ;
Car vos vertus sont capitales,
Comme vos péchés..., c'est connu !

Vous êtes des enchanteresses :
Vos griffes de rose satin
Ont quelque chose de câlin,
Même sous de feintes caresses !

Votre cœur suave est si grand,
Qu'il peut, sans onc user sa gaîne,
Jusque y compris la soixantaine,
Demeurer vorace et gourmand...

Puisque, si fort, je m'humilie,
Cessez de vous montrer d'airain,
Et tendez vite votre main
Au repentant qui vous supplie...

Il est à terre, à vos genoux,
Ne sifflez pas ses ritournelles,
De peur de casser les ficelles
Du pantin, roi de vos joujoux !

Vers l'Idée !

A Edouard HERVÉ.

FIXER en son cerveau le rêve grandiose,
Qui frissonne au sommet du lointain devenir,
Pour le jeter, vibrant, au seuil de l'avenir,
Ayant pour cadre des splendeurs d'apothéose,

C'est plus que le talent : c'est le souffle magique,
Sublime évocateur d'éternelle beauté ;
Ceux-là que Dieu marqua pour l'immortalité,
Reçoivent, sur leur front, le scel hiératique !

Il n'est plus d'ici-bas, l'homme qui crucifie
Son corps et le délivre du joug sensuel,
Sa vision d'amour s'achève dans le Ciel,
Où le Verbe infini la sacre et déifie...!

Désirs inavoués, ivresses léthargiques,
Longues nuits sans repos et désespoirs subits,
Remords que l'on comprime et souvenirs maudits,
Spasmes suivis, souvent, de réveils diaboliques,

C'est la vie, après tout : ou joyeuse ou pleurante,
Le roman que, demain, le fait brutal détruit ;
Pour l'artiste qui croit, il n'est jamais de nuit,
Et c'est cela qui fait sa part si différente...!

Par-delà les éthers, aux impalpables ondes,
Bien loin des horizons où se plaît le commun,
Sa chimère l'endort, sans qu'un songe importun
Vienne lui rappeler qu'il est, en d'autres mondes,

Des êtres que l'on voit se traîner, tristement,
Dans la banalité des routes parcourues,
Et, tout le long du jour, enfoncer leurs charrues
Sur le champ où tout passe, en la terre où tout ment !

Va, vole, monte encor, et toujours, et sans cesse...
Dans un *Sursum* vainqueur à l'accent radieux,
En le nimbe agrandi des astres spacieux,
Vers le terme éclatant où trône la Sagesse...!

Grise-toi de parfums sans nom ! Aux harmonies
Des harpes invisibles berce tes transports ;
Des blancs esprits retiens les suaves accords,
Pour en accompagner nos sombres litanies...!

Quand tu redescendras de ces cîmes dorées,
Ta tâche faite, ainsi qu'un rude travailleur,
Tu paraitras plus grand, et tu seras meilleur,
Car tes lèvres auront des notes inspirées ;

Car tes chants, empruntés au lumineux azur,
Auront, pour nous bercer, une langueur étrange ;
Et nous aurons l'oubli de nos pieds dans la fange,
En vivant, un instant, ton poème si pur...

Tu marcheras, ravi, dans un rêve étoilé,
Gardant du souvenir des beautés entrevues,
Le pouvoir de donner aux choses déjà vues,
Un peu de l'éternel auquel tu t'es frôlé...!

L'idéal est en toi ; tu possèdes l'Idée ;
L'au-delà, désormais, assis à ton chevet,
Te dira, chaque soir, le mystique secret
Dont je voudrais avoir mon âme possédée...!!

Villa Fauvette

A nos Amis.

A la Villa Fauvette et proche un bois béni,
Un rossignol roucoule, en sa douce romance,
Le poème qui verse, en mon cœur rajeuni,
Le flot des souvenirs retrempés à Jouvence...

Oiselets, en ronde,
Apprêtez-vous à partir ;
Nous aurons du monde
Pour vous divertir !

L'oiselet amoureux n'a pas encore fini
De moduler l'appel qui vole dans ses stances,
Qu'un long frémissement a secoué le nid,
Faisant songer à d'aériennes naissances....

Oiselets, volages,
Prenez le diapason ;
Quittez vos bocages
Pour notre maison !

Demain, toute la forêt va s'emplir de cris :
Pour célébrer, dans un concert au charme étrange,
Le premier jour de la gracieuse mésange,
Les oiseaux siffleront leurs vieux airs favoris.

Oiselets modèles,
En chœur, égosillez-vous ;
Déployez vos ailes,
Pour le rendez-vous !

Marraines et parrains, massés dans les taillis,
Encadreront leurs vœux de si suaves choses,
Qu'aux parterres qui fleurissent le Paradis,
Les séraphins oublieront de cueillir les roses...!

Oiselets poètes,
Perchez-vous sur le berceau ;
De tendres requêtes
Faites-lui cadeau !

Le repas de baptême aura des grains exquis;
La cave sera prise à la source prochaine ;
La mousse servira de nappe et de tapis
Au surtout fourni par la tendre marjolaine.

Oiselets des anges,
Acclamez notre bonheur;
Et de vos louanges
Faites-nous l'honneur!

Au dessert, dominant le bruit du gazouillis,
Après avoir bien essuyé sa gorgerette,
Un pinson grisonnant — le doyen du pays...!
Portera la santé de Madame Fauvette.

Oiselets aimables,
Merci d'avoir su trouver
D'aussi doux vocables
Pour la captiver!

Sur l'invite, à son tour, d'un joyeux colibri,
La dame de céans, reine de gentillesse,
Avec la villanelle de son jeune mari,
A tous dira : merci, pour tant de politesse!

Oiselets, mes frères,
C'est le cantique d'amour;
Berçons nos chimères,
Elles n'ont qu'un jour!

Puis, à minuit sonnant, en troupe réunis,
Ailes dessus dessous, compères et commères
S'envoleront, grisés, les yeux un peu ternis,
Avec ce gai refrain, en guise de prières :

Oiselets, oiselles,
Accourez, chaque lundi,
Tous, en ribambelles,
Dans l'après-midi !

TABLE

BIBLIOTHÈQUE NATIONALE
R.F.
IMPRIMÉS

Achevé d'imprimer

le 1er Juin mil huit cent quatre-vingt-quinze

PAR

EUGÈNE SERVANT

A

LA ROCHE-SUR-YON

www.ingramcontent.com/pod-product-compliance
Ingram Content Group UK Ltd.
Pitfield, Milton Keynes, MK11 3LW, UK
UKHW022107190726
13855UKWH00002B/703

9 782011 775252